Nous remercions le ministère du Patrimoine canadien,
la SODEC et le Conseil des Arts du Canada
de l'aide accordée à notre programme de publication

 Patrimoine   Canadian
canadien   Heritage

 Conseil des Arts   Canada Council
du Canada   for the Arts

ainsi que le gouvernement du Québec
– Programme de crédit d'impôt
pour l'édition de livres
– Gestion SODEC.

Nous reconnaissons l'aide financière
du gouvernement du Canada
par l'entremise du Programme d'aide au développement
de l'industrie de l'édition (PADIÉ) pour ce projet.

Illustré par:
Leanne Franson

Maquette de la couverture:
Conception Grafikar

Montage de la couverture:
Ariane Baril

Édition électronique:
Infographie DN

Dépôt légal: 2e trimestre 2008
Bibliothèque nationale du Canada
Bibliothèque nationale du Québec

1234567890 IML 098

SIMON ET ZIZOU

**DE LA MÊME AUTEURE
AUX ÉDITIONS PIERRE TISSEYRE**

Collection Sésame

Le mystère des nuits blanches, roman, 2001.
Simon et Violette, roman, 2001.
Le secret de Simon, roman, 2003.
Un espion dans la maison, roman, 2004.
Simon, l'as du ballon, roman, 2004.
Des crabes dans ma cour, roman, 2005.
La grande peur de Simon, roman, 2006.
Mission chocolat pour Simon, roman, 2007.

Collection Papillon

La fille du soleil, roman, 2005.

CHEZ D'AUTRES ÉDITEURS

Le Message du biscuit chinois, roman, Boréal, 1998.
Hugo et les Zloucs, roman, Boréal, 2000.
Chasseurs de goélands, roman, Boréal, 2001.
Alexis, chevalier des nuits, album illustré, Les 400 coups, 2001.
Le trésor de Zanlepif, roman, Boréal, 2002.
«Le rêve d'une championne», in Les nouvelles du sport,
    Éditions Vent d'Ouest, 2003.
Pas de caprices, Alice!, album illustré, Banjo, 2004.
C'est l'heure d'aller au lit!, album illustré, Banjo, 2004.
Les affreux parents d'Arthur, album illustré, Les 400 coups, 2004.
«Dans ma bouuule!», in Les baguettes en l'air, Vents d'Ouest, 2005.
Le père Noël a la varicelle, album, Bayard, 2005.
Le monstre du lac, roman, Bayard, 2005.
Les Ontoulu ne mangent pas les livres, album, Les 400 coups, 2006.
Mes parents sont gentils mais tellement menteurs, roman,
    FouLire, 2007.
En pyjama, album, ERPI, 2007.

**Catalogage avant publication
de Bibliothèque et Archives nationales du Québec
et Bibliothèque et Archives Canada**

Gratton, Andrée-Anne, 1956-

    Simon et Zizou

    (Collection Sésame; 107)
    Pour enfants de 6 à 9 ans.

    ISBN 978-2-89633-076-8

    I. Franson, Leanne II. Titre III. Collection: Collection
Sésame; 107.

PS8563.R379S552 2008   JC843'.54   C2008-940232-4
PS9563.R379S552 2008

ANDRÉE-ANNE GRATTON

SIMON
et Zizou

roman

**ÉDITIONS
PIERRE TISSEYRE**
www.tisseyre.ca

9300, boul. Henri-Bourassa Ouest, bureau 220
Saint-Laurent (Québec) H4S 1L5
Téléphone : 514-335-0777 – Télécopieur : 514-335-6723
Courriel : info@edtisseyre.ca

À Maxime,
qui aimerait tant
avoir un chien.

1

LE PLUS BEAU
CADEAU

Aujourd'hui, samedi 15 août, une très belle journée s'annonce. C'est mon anniversaire! D'habitude, mes parents me fêtent le soir. Mais puisqu'on est samedi, je recevrai mes cadeaux dès midi. Youpi! Et à quatre heures, mes amis viendront chez moi.

Pour me faire plaisir, ma mère a préparé des fajitas au poulet.

Et c'est Violette, ma grand-mère d'adoption[1], qui a apporté le gâteau.

Après avoir soufflé mes neuf bougies, le moment tant attendu arrive. Taratatam! Mon père me remet une enveloppe.

— Tiens, Simon. Voici ton cadeau. Il a l'air petit, mais…

— Chut, Gabriel! fait ma mère.

Les deux rigolent. Ils ont un sourire qui s'étire… Qu'est-ce que cette enveloppe peut bien contenir? De l'argent? Une carte cadeau pour acheter un jeu vidéo de mon choix?

Je décachette l'enveloppe. Je prends mon temps, juste pour voir mes parents qui se tordent les mains d'impatience.

Première constatation: ce n'est pas de l'argent, mais un certificat-cadeau. De quel magasin? Euh…

1. Voir *Simon et Violette*.

Ni… Niches et nids! Oh! Je ne peux pas le croire! Je lis :

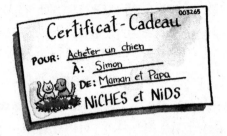

Certificat - Cadeau   003265

POUR: _Acheter un chien_
À: _Simon_
DE: _Maman et Papa_
NICHES et NIDS

Je saute au cou de mes parents!

— Merci! Merci! Merci! C'est ce que je voulais le plus au monde!

— Ça ne paraît pas! se moque mon père.

À son tour, Violette me donne un paquet.

— Je peux l'ouvrir?

— Bien sûr, Simon!

J'arrache le ruban et je déchire le papier. Oh! Un livre : *Je prends soin de mon chien.*

— Merci, Violette! Tu le savais?

— Eh oui! Quand j'ai demandé à ta mère une suggestion de cadeau pour ta fête, elle m'a annoncé que tu recevrais un chien.

Mon père et ma mère savent qu'ils me font un immense plaisir. Je vais enfin réaliser mon plus grand rêve : avoir un chien !

À chacun de mes anniversaires et à chaque Noël, je demandais ça comme cadeau. Plusieurs de nos voisins ont un chien. Près de chez moi, il y a un berger allemand, un teckel, un caniche et un épagneul. Il m'arrive de les flatter, et même parfois de promener l'un d'eux.

Mais j'en voulais un à moi. Une boule de poils qui me saute dessus quand j'arrive de l'école. Un chien qui dort au pied de mon lit. Un chien avec qui je peux jouer au parc quand mes amis ne sont pas disponibles. Et voilà que pour mon neuvième anniversaire, mes parents se sont enfin décidés.

En trépignant, je leur propose :

— On y va tout de suite ?

Mon père interroge ma mère du regard. Elle dit :

— D'accord, vas-y Gabriel ! Pendant ce temps, je vais terminer les préparatifs pour la fête de cet après-midi et faire un brin de jasette avec Violette.

* * *

Chez Niches et nids, je me dirige tout droit vers le fond, là où se trouvent les chiens. Je passe d'une cage à l'autre. Je les voudrais tous ! Ils sont si mignons ! Et ils ont l'air de s'ennuyer dans leur tout petit espace. Ils nous regardent, comme s'ils voulaient nous dire : « Pourquoi je ne peux pas sortir d'ici ? »

— Lequel préfères-tu ? me demande mon père.

— Je ne sais pas… Je les aime tous.

Une employée vient nous aider. On lui pose plein de questions. Elle prend les chiots un par un et les dépose dans mes bras. Ils aiment ça! Comment vais-je faire pour en choisir juste un et laisser les autres ici?

Lorsqu'un bouvier bernois vient loger sa tête dans mon cou, je me décide enfin. Ce sera lui!

Après avoir aussi acheté tout le matériel nécessaire et des sacs de nourriture, nous repartons de Niches et nids à trois. J'aurais aimé garder mon nouveau chien sur moi pendant le trajet du retour, mais l'employée nous a dit qu'il était préférable de le laisser dans sa cage de transport.

À la maison, je passe le reste de la journée à jouer avec mon

« cadeau » dans la cour. Ma mère trouve que j'ai fait un très bon choix.

— Je n'ai pas vu les autres, Simon, mais j'ai l'impression que j'aurais pris le même que toi.

À quatre heures, mes amis Étienne, Alex, Nicolas et Jérémie arrivent chez moi. Ils sont jaloux! On s'amuse à chercher un nom : Brutus, Bart, Caramel, Bouboule, Ferrari, Alfred, Pompon…

À la fin de l'après-midi, j'annonce à tout le monde :

— J'ai choisi son nom : il va s'appeler Zizou!

À voir mon chien courir après mon ballon, je trouve qu'il a du Zidane[2] dans les pattes! Je lui donne donc le surnom de mon joueur de soccer préféré.

---

2. Zinedine Zidane, champion de soccer.

UN GROS RHUME

J'aimerais garder Zizou sur moi pendant le souper, mais ma mère refuse.

— Donnons-lui tout de suite de bonnes habitudes, dit-elle.

Zizou fait le tour de la table à la recherche de miettes. Vers la fin du repas, ma mère dit :

— Je ne sais pas ce que j'ai. Mes yeux piquent et j'ai toujours envie d'éternuer.

— Tu ne serais pas allergique aux chiens ? lui demande mon père en me lançant un clin d'œil.

— Je suis allergique aux chats, pas aux chiens, répond ma mère. Ça doit être un rhume, un petit rhume d'été.

Plus la soirée avance, plus l'état de ma mère s'aggrave. Elle éternue continuellement et ses yeux rougissent.

— T'as un gros rhume, maman ?

— Euh… On dirait que oui, Simon.

Zizou, lui, se promène partout. Il saute sur le sofa, passe sous les tables et tourbillonne autour de moi. Il est adorable ! C'est le plus beau cadeau de ma vie !

À la fin de la soirée, je demande à ma mère :

— Est-ce que Zizou peut coucher dans mon lit, ce soir ?

— Que dirais-tu s'il couchait dans ta chambre, mais pas sur ton lit ? Il n'est pas encore propre…

— Tu crois qu'il va rester sagement par terre ?

— Installe une couverture sur le plancher. On verra bien !

Je prépare donc une couchette près de mon lit. Quand je mets Zizou dessus, il tourne en rond sans arrêt. On dirait qu'il court après sa queue ! Puis, il se couche en boule. Il semble avoir compris que c'est son lit. Il est intelligent ! J'ai envie de me coucher en boule, moi aussi, et de me pelotonner à côté de lui. Mais mon père passe sa tête dans l'embrasure de la porte.

— Simon, tu ne vas pas dormir par terre, n'est-ce pas ?

Comment a-t-il fait pour deviner mon intention ?

— Euh… non, non. Merci, papa. C'est *vraiment* la plus belle surprise de toute ma vie !

— Je suis content de t'avoir fait autant plaisir. J'espère…

— Tu espères quoi ?

— Oh rien. Fais de beaux rêves, mon grand !

— Bonne nuit, papa !

* * *

Zizou ne m'a pas réveillé de la nuit ! Mais à sept heures le lendemain matin, un coup de langue mouillée sur la joue me tire du sommeil. En me rappelant la journée d'hier, je sens une bouffée de bonne humeur monter en moi !

— Allez hop, Zizou ! Allons déjeuner !

En arrivant dans la cuisine, je constate que le rhume de ma mère ne s'est pas amélioré.

« Atchoum ! Atchoum ! Atchoum ! »

— Ça ne va pas mieux, maman ?

— Non, Simon. C'est même pire qu'hier.

— Mais c'est juste un rhume, hein ?

— Eh bien, je ne sais pas. Je dois avouer que ça ressemble à des symptômes d'allergie.

— Des simples quoi ?

— Des symp-tô-mes. Des signes de quelque chose, comme les éternuements et les yeux qui piquent.

— NON ! Ça ne se peut pas !

En criant « non », j'ai pris Zizou dans mes bras, comme si je voulais le protéger d'une attaque sournoise.

— Sois gentil, sors-le de la cuisine, réclame ma mère.

« Sors-le de la cuisine ! » Mais…
il fait partie de la famille maintenant ! Et il doit manger !

Puisque ma mère se mouche
sans arrêt, j'accepte de lui obéir.
Pour ce matin…

Après avoir déjeuné et m'être
habillé, je décide d'aller présen-
ter Zizou à Violette. Quand elle
ouvre la porte, elle dit :

— Hum, je sens une odeur étrange… Et j'entends des… halètements! Simon, tu as emmené ton chien?

Violette est aveugle. Alors elle devine beaucoup de choses grâce à son odorat et à son ouïe.

— Oui, Violette. Il s'appelle Zizou!

— Ho, ho! Quel beau nom! Allez, entre. Viens t'asseoir au salon.

Zizou semble tout excité de découvrir encore une nouvelle maison. Je dois le disputer pour qu'il ne saute pas sur les fauteuils. Violette rit quand Zizou lui frôle les jambes. Elle demande:

— Est-ce qu'il aime la musique?

— Pour l'instant, la seule musique qu'on a chez nous, c'est les éternuements de ma mère.

— Victoire est malade?

— Elle pense qu'elle a une allergie. Une allergie à Zizou. Moi, je dis que ça ne se peut pas. Elle est uniquement allergique aux chats.

— Ah bon! J'espère que ça lui passera, bredouille Violette.

3

UNE MAUVAISE
NOUVELLE

Quand je reviens à la maison, j'entends mes parents discuter par la porte moustiquaire.

— Si tu es allergique, on ne pourra pas garder le chien, dit mon père.

— Ça va être un drame pour Simon, se désole ma mère.

Un drame? Ils ne vont quand même pas me retirer mon cadeau!

Je l'aime déjà, Zizou! Et je suis sûr qu'il est déjà attaché à moi!

Je me précipite dans la cuisine, après avoir pris soin de laisser Zizou dans la cour. Avant que mon père ou ma mère ait prononcé un seul mot, je déclare:

— Zizou peut vivre dehors. Ce n'est pas un chien frileux.

Aucune réaction de la part de mes parents. J'insiste:

— Avez-vous compris?

Ma mère répond:

— Simon, je sais que tu adores ton chien. Mais je suis de plus en plus certaine… Enfin, je crois que je suis…

— NON!

Je ne veux pas entendre la suite. Je m'élance vers ma chambre en mettant mes mains sur mes oreilles. Ma mère est méchante! Pourquoi a-t-elle un problème d'allergie tout d'un coup ? Peut-être qu'elle ne voulait pas vraiment de chien à la maison !

Peu de temps après, j'entends mon père :

— Simon, Zizou jappe sans arrêt dehors !

Je vais retrouver mon chien dans la cour. Il cesse aussitôt d'aboyer. Je m'étends sur le gazon et Zizou s'amuse à sauter par-dessus moi. Il est drôle !

Mon père vient me rejoindre.

— Simon, ta mère ne fait pas exprès d'être malade.

— T'es sûr?

— Bien voyons! Elle était si heureuse à l'idée de t'offrir ce cadeau! Je t'assure qu'elle est vraiment malheureuse en ce moment.

— Pas autant que moi.

— Peut-être… Mais on devra trouver rapidement une solution.

Zizou a les deux pattes avant posées sur moi. Il me regarde comme s'il comprenait notre conversation.

— Mais papa! On ne va quand même pas ramener Zizou à l'animalerie!

Mon père fronce les sourcils. Il a l'air sérieux et… triste, lui aussi. Je décode que sa tristesse veut dire: «Oui, on devra le retourner au magasin».

Moi, je refuse de me séparer de mon chien. Il faut que je trouve rapidement une autre solution. MA solution. Et vite, avant que mes parents ne prennent une décision.

Je réfléchis : si Zizou se perdait, il ne serait pas obligé de retourner à l'animalerie! C'est une piste intéressante…

4

ZIZOU
DISPARAÎT

Cet après-midi-là, après être allé promener mon chien, j'arrive en catastrophe dans le jardin.

— Papa! Maman! Zizou a disparu!

— Quoi? Disparu? Où?

— Je marchais avec lui. À un moment donné, j'ai voulu le prendre dans mes bras, mais il s'est enfui.

Mes parents me regardent comme s'ils n'avaient pas compris

ce que je viens de dire. Finalement, mon père réagit :

— Il faut aller à sa recherche ! Il n'est peut-être pas loin.

Il met ses sandales et me fait signe de le suivre.

— Où étais-tu lorsqu'il s'est sauvé ?

— Euh… près de l'école.

— Allons-y ! Regardons partout ! Dans les cours, sous les voitures et dans les arbustes.

J'explore les environs en compagnie de mon père, même si je sais qu'on ne trouvera pas Zizou. Parce que Zizou est en lieu sûr, là où je l'ai conduit tantôt. Alors, je fais semblant de chercher. Mon père a l'air tellement bouleversé que je me sens un peu coupable.

Après deux heures de recherche, nous revenons à la maison.

— Je suis désolé, Simon, dit mon père en me serrant contre lui.

Je dois aussi faire semblant d'être malheureux. Ce n'est pas facile. Mais je suis prêt à tout pour éviter de retourner Zizou au magasin.

Après le souper, nous allons faire une autre tournée dans les rues du quartier. Je commence à en avoir assez, mais je dois continuer de jouer le jeu. Évidemment, nous revenons bredouilles.

En venant m'embrasser dans mon lit, le soir, ma mère me murmure à l'oreille :

— J'ai vraiment de la peine pour toi.

Je lui fais un gros câlin et je ferme les yeux.

Le lendemain, je vais à la piscine municipale avec mes amis. Quand je reviens à la maison, mes parents m'attendent. Ils ressemblent à des pitbulls qui n'auraient pas mangé depuis trois jours. Ça s'annonce mal pour moi.

Ma mère attaque :

— J'ai rencontré la mère d'Étienne cet après-midi.

Ça y est, je suis démasqué !

— Ah bon…

— Ah bon ? C'est tout ce que tu trouves à dire ? Josianne m'a informée que notre chien va très bien ! Et elle m'a demandé combien de temps allaient durer nos « grosses » rénovations… Alors, comme ça, on fait de grosses rénovations chez nous ? Et quel plan avais-tu pour la suite ?

Ma mère me mitraille de questions. Je tente de me défendre :

— Je voulais sauver Zizou! Vous êtes horribles! Vous me donnez un chien et vous voulez me l'enlever tout de suite après! Je n'avais pas le choix!

J'avais demandé à Étienne et à ses parents de garder Zizou pendant quelque temps. Bien sûr, Étienne savait qu'on ne faisait pas de travaux chez moi, mais ses parents ont cru mon histoire. Je leur ai dit: «Les ouvriers font tellement de poussière que Zizou n'arrive plus à respirer.» Alors, ils ont accepté de garder mon chien.

Mon père réplique:

— Voyons, Simon, tu devais bien te douter que cette cachette ne pourrait pas durer longtemps!

— Oui, mais je voulais gagner du temps pour trouver une solution plus... durable. Est-ce que Zizou est ici?

Je jette un coup d'œil vers la porte, mais mon père dit :

— Ne le cherche pas, il est encore chez Étienne. Ses parents sont très gentils ; ils vont nous dépanner jusqu'à ce soir, mais pour les vraies raisons cette fois-ci.

— Et après ce soir ?

— Eh bien, en été, la température est assez douce pour que Zizou puisse rester dehors.

— Yé!

— Par contre… Pour lui, mieux vaudrait qu'il retourne le plus vite possible à l'animalerie avant de s'habituer à nous. Ou qu'il ait trop grossi et qu'on refuse de le reprendre. Zizou trouvera vite un nouveau maître, j'en suis certain. Il est tellement beau!

— Tu es vraiment… vraiment… épouvantable!

Je leur tourne le dos et je m'enfuis dans ma chambre.

Mes parents sont insensibles! Plutôt que d'essayer de trouver un remède aux allergies de maman, ils songent tout de suite à se débarrasser de Zizou!

5

UNE MAUVAISE RENCONTRE

Au souper, l'atmosphère est pénible. Je n'ai pas envie de parler. Puis, mon père m'annonce que je dois aller chercher Zizou chez Étienne. Il essaie de me consoler, mais notre conversation se termine plutôt mal. Je claque la porte de la maison en criant :

— En tout cas, je ne vous laisserai pas faire! C'est MON chien maintenant.

Quand j'arrive chez mon ami, je me mets à genoux et Zizou me saute au cou. Il est fou de joie! J'attache sa laisse à son collier. En même temps, je remercie Étienne et sa mère, qui est un peu fâchée de mon mensonge.

Sur le chemin du retour, je m'amuse comme… un petit chien! Je cours, je zigzague, je me roule sur des pelouses avec Zizou. Tout à coup, j'ai un pincement au cœur quand je songe qu'il pourrait bientôt ne plus être là, ne plus faire partie de ma vie.

« WOUAF! »

Un énorme jappement me fait sursauter.

« WOUAF! WOUAF! WOUAF! »

À trois mètres de nous, un labrador noir se prépare à foncer. Il a l'air enragé! Comment se fait-il qu'il soit seul ainsi dans la rue? Où est son maître?

Zizou a réagi plus vite que moi. Il a déjà déguerpi! La laisse m'a glissé des mains. Quand le gros molosse passe à côté de moi, je suis encore figé. Ouf! Ce n'est pas moi qu'il voulait mordre.

J'essaie de rattraper le labrador, mais il est dix fois plus vite que moi. Zizou, lui, a disparu derrière une maison. Je n'ai pas le choix: je dois aller voir. Oh! les chiens ne sont plus là. Soudain, j'aperçois le labrador qui longe une autre maison en flairant partout. Zizou ne doit pas être loin. J'essaie de passer par-dessus les haies qui séparent les cours, ou par-dessous, mais cet exercice est difficile quand on n'est pas un chien! Le temps que j'arrive à cette autre maison, j'ai perdu de vue les deux chiens. Je reviens alors dans la rue en criant :

— Zizou!

Aucun jappement. Pas de chien en vue non plus. J'ai beau l'appeler et l'appeler encore : rien. Tout à coup, j'aperçois le labrador qui traverse lentement la rue, la tête basse. Il a sûrement perdu la trace de Zizou, lui aussi. Où est mon chien?

Je reviens sur mes pas. Je crie son nom à tue-tête devant chaque maison. Un homme sort de l'une d'elles, des outils de jardinage à la main. Il m'interroge :

— Qui cherches-tu, mon petit bonhomme?

— Mon chien. Il s'est enfui. Un gros chien le poursuivait, alors il a dû aller se cacher quelque part.

— Ah bon. Il finira bien par sortir de sa cachette. Attends-le ici, si tu veux.

Après quelques minutes, je n'en peux plus de rester immobile. Je recommence à courir tout en appelant Zizou. Je regarde sous les voitures, sous les haies, dans les jardins. Pour vrai, cette fois-ci…

Je suis de retour devant la maison de l'homme. Il travaille à genoux dans sa plate-bande.

— Alors, tu cherches encore ton chien ?

— Oui.

— Attends, je vais te montrer quelque chose.

Il entre dans la maison et revient avec une photo à la main. Je la regarde et m'écrie :

— C'est mon chien ! C'est Zizou !

— Tu as un bouvier bernois ? me demande l'homme.

— Oui, pareil comme celui-là.

— Celui-là, c'est Pluton quand il était bébé. On a eu ce chien pendant quatre ans. L'été dernier, quand nous étions en vacances, il s'est fait frapper par une voiture.

— Oh, je suis désolé.

Il a l'air peiné et perdu dans ses pensées. En secouant son tablier de jardinier pour en faire tomber la terre, il marmonne :

— Hum... Je te souhaite de retrouver le tien.

6

SIMON
A-T-IL MENTI ?

Comme mes recherches et mes appels n'ont rien donné, je file chez moi au pas de course. Tout essoufflé, je me jette dans les bras de ma mère en pleurant.

— Qu'est-ce qui se passe, Simon ?

Entre deux sanglots, je réponds :

— Zi… i… zou… ou a… a… a disparu.

Mon père s'énerve aussitôt :

— Ah non ! Tu ne vas pas nous faire le coup une deuxième fois !

— Ce n'est pas un mensonge, c'est vrai !

— Simon, cesse ces bêtises. Où as-tu mis Zizou ?

Je pleure encore plus.

— Puisque je vous dis qu'il a filé !

Pendant que ma mère essuie mes larmes, je raconte ce qui s'est passé. Si ma mère semble m'écouter, mon père, lui, est toujours en colère.

— Voyons, Simon, tu penses vraiment qu'on va croire encore à une histoire de disparition ? proteste-t-il.

— Je sais que je vous ai menti une fois, mais là, je vous jure que je dis la vérité. Il faut me croire !

Mes parents s'entêtent à douter de moi. Mon père insiste :

— Allez, Simon, dis-nous où tu as caché Zizou cette fois.

Je proteste en hoquetant :

— Je ne l'ai pas caché ! Il s'est sauvé quand un gros chien s'est mis à le poursuivre ! Je n'ai pas pu le retenir ! C'est de ma faute !

Mon père et ma mère se regardent. Ils s'interrogent sur les chances que je dise la vérité. J'en profite pour continuer :

— En plus, il y a un homme bizarre qui m'a montré une photo.

Il n'était pas bizarre du tout, mais ça va amener mes parents à ne plus douter de moi.

— Quel homme ? Quelle photo ? s'inquiète subitement ma mère.

— Une photo de son chien, qui s'est fait écraser par une voiture.

Mais il ressemble comme deux gouttes d'eau à Zizou. Cet homme l'a peut-être kidnappé?

— Voyons, Simon, tu as trop d'imagination! rétorque mon père. À moins que… T'a-t-il offert d'entrer chez lui?

— Non.

— Enfin… Je n'aime pas que tu t'aventures n'importe où quand tu es seul.

— Mais, papa, je devais chercher Zizou. Et je dois y retourner. Tu veux venir avec moi?

— Bon, allons-y.

Au moins, mes parents me croient maintenant.

Arrivés à l'endroit où j'ai rencontré le labrador, je dis à mon père:

— C'est ici.

On demande aux gens dans la rue s'ils n'ont pas vu un chien

errant, mais notre enquête n'aboutit à rien.

Finalement, nous allons sonner chez l'homme bizarre-pas-vraiment-bizarre.

Quand il vient ouvrir, il me reconnaît aussitôt.

— Ah! Tu n'as toujours pas retrouvé ton chien? Tu dois être très malheureux...

Je secoue la tête, une larme au coin de l'œil.

Après s'être présenté, mon père lui dit :

— Il paraît que vous avez perdu votre chien de façon tragique?

— Hélas, oui. J'ai d'ailleurs montré sa photo à votre fils un peu plus tôt aujourd'hui.

— Il m'a raconté... Est-ce que je pourrais vous laisser mon numéro de téléphone? Si jamais vous aperceviez un bouvier bernois seul dans votre rue, vous pourriez m'appeler ?

— Certainement ! répond-il en serrant la main de mon père. Je m'appelle Giovanni Martino.

À ce moment-là, une petite fille arrive dans le vestibule et se cache à moitié derrière l'homme. Je la reconnais ! Elle va à mon école, elle est en première année !

— Ah ! Et voici ma fille, Laura. Vous demeurez loin d'ici ?

— Non, à trois rues vers l'ouest, près de l'école Beauséjour, précise mon père.

— Ah bon ! C'est l'école que fréquente ma fille !

La fillette reste camouflée derrière son père. Le mien écrit notre numéro de téléphone et notre adresse sur un bout de papier qu'il remet à M. Martino. Puis, nous

marchons à pas lents vers notre
maison.

— Je ne comprends pas pourquoi tu trouvais que cet homme a
l'air bizarre, s'étonne mon père.

Et il ajoute:

— Tu la connais, sa fille?

— Oui, je l'ai déjà vue.

— Alors, pourquoi tu n'as rien
dit?

— Euh… je ne lui ai jamais parlé!

Mon père soupire. Les adultes pensent que tous les enfants se parlent juste parce qu'ils vont à la même école.

— Papa, qu'est-ce qu'on va faire si on ne retrouve pas Zizou?

— La question est plutôt: qu'est-ce qu'on va faire si on *retrouve* Zizou…

7

LES GRANDS
MOYENS

Aujourd'hui, jeudi, ça fait cinq jours que Zizou est entré dans ma vie, et ça fait trois jours qu'il en est sorti. Trois jours qu'il s'est égaré. J'ai tant de peine que je souhaiterais ne l'avoir jamais connu.

Ma mère a fait un grand ménage dans la maison. Elle veut enlever toutes traces d'allergènes[3]. La couverture sur laquelle Zizou a dormi a subi deux lavages. Le nez de ma mère ne coule plus. Ses yeux ne piquent plus. Pour elle, tout va bien. Elle agit comme si Zizou était parti pour toujours. Mais pour moi, ça ne va pas aussi bien. Chaque lavage, chaque coup de balai me piétine un peu plus le cœur. Ma mère nettoie avec tant d'énergie! J'ai l'impression que ça lui fait plaisir que Zizou ait disparu.

Je vais chez Violette pour lui annoncer que je n'aurai peut-être plus besoin de son cadeau. Elle me donne une bonne idée.

— Tu devrais poser des affiches dans le quartier.

– Oh! merci! Tu es géniale!

---

3. Substance qui peut provoquer une réaction allergique.

Je me mets aussitôt à la tâche. Heureusement, mes parents avaient pris des photos de Zizou samedi dernier. Avec l'aide de mon père, je prépare une affiche avec une photo. On en imprime une trentaine.

— Papa, je vais demander à Étienne s'il veut venir les poser avec moi.

— Moi aussi, je vais t'accompagner, propose mon père. Je pourrai placer les affiches plus haut.

Il a raison. En plus, il se servira de sa grosse agrafeuse, celle qu'il m'interdit d'utiliser parce qu'il a peur que je me blesse.

Étienne a accepté mon invitation. Après avoir posé notre vingtième affiche, nous prenons une pause. Soudain, mon ami s'écrie :

— Simon ! Simon ! Regarde, là !

Je me retourne. Il pointe son doigt vers une entrée de garage très pentue. Je n'en crois pas mes yeux ! Tout en bas, un petit chien lape l'eau d'une flaque. On dirait Zizou ! Oh ! C'est lui, j'en suis presque sûr !

Du coup, je lâche la feuille que je tenais contre un poteau. Je bondis mais, trois mètres plus loin, je m'arrête net. Je ne veux pas effrayer mon chien. Quand je dis « Zizou ? », sa truffe[4] frémit. Il me fixe, la tête penchée sur le côté. Sa queue s'agite. Je m'approche doucement :

— C'est toi, mon chien-chien ?

À chaque pas que je fais, je suis de plus en plus certain : c'est bien lui ! Et lui aussi m'a reconnu. Il accourt et saute sur moi !

_____
4. Nez du chien.

— Oh, Zizou! Où étais-tu passé?

Ce sont les grandes retrou-
vailles! J'enfouis mon visage dans
son poil pendant qu'il jappe de joie.

Mon père dit:

— Va vite à la maison lui donner à manger. Il doit être affamé!

Moi, je vais faire le chemin inverse pour enlever les affiches.

Étienne et moi marchons en riant et en chantant. Quand j'arrive chez moi, j'annonce à tue-tête :

— Maman, viens voir !

— Oh ! tu l'as retrouvé, soupire ma mère.

Je croyais qu'elle serait heureuse, mais elle sourit à peine.

— Euh… Simon, tu vas le laisser dehors, n'est-ce pas ?

— Pourquoi ?

— Parce que j'ai enlevé les poils partout, répond-elle.

Et puis ? Je ne comprends vraiment pas sa réaction.

— Mais il doit manger !

— Prépare-lui un bol dans la cuisine et apporte-le-lui dans la cour, s'il te plaît.

Sa demande me choque. Ma joie de retrouver Zizou est assombrie.

D'un ton très sec, je lance à ma mère :

— Tu es méchante ! C'est toi qui devrais manger dehors !

— Simon !

Je crois que j'ai exagéré. Ce n'est pas ce que je voulais dire, mais c'est sorti tout seul. Ma mère est en furie.

— Simon, quand ton père sera de retour et qu'il pourra s'occuper du chien, tu iras dans ta chambre. Sans ton chien, inutile de le préciser.

Étienne en profite pour s'éclipser en douce. Il m'envoie la main et me souhaite « bonne chance » du bout des lèvres.

Mon père arrive quelques minutes plus tard. Victoire-rouge-de-colère n'a qu'à pointer son doigt ; du coup, je comprends que je dois prendre la direction de ma chambre. Elle commence alors à raconter à mon père la dispute que nous venons d'avoir.

8

LA NUIT
PORTE CONSEIL

Un peu plus tard, ma mère vient me retrouver dans ma chambre. Quand elle ouvre la porte, je me jette dans ses bras.

— Je m'excuse, maman.

— Viens, on va se parler.

Elle s'assoit sur mon lit et dit :

— Simon, je n'ai pas souhaité être allergique aux chiens et aux chats.

— Hum…

Elle semble chercher ses mots pour continuer.

— Euh… je sais que tu aimes ton chien plus que tout au monde. Mais… euh… on a un problème.

— Hum…

— J'ai envisagé plusieurs possibilités : confiner Zizou dans une seule pièce, le laisser dehors à l'année, prendre des antihistaminiques[5] tous les jours… J'ai même appelé mon médecin! Il m'a déconseillé cette solution.

La gorge nouée, je parle enfin :

— Alors, qu'est-ce qu'on va faire?

— Un de tes amis pourrait l'adopter! Peut-être Étienne?

— Non, ses parents n'en voudraient pas. Crois-tu que Violette…

---

5. Médicament pour soulager les allergies.

— Avec son handicap visuel, ça m'étonnerait.

Je proteste :

— Pourtant, beaucoup d'aveugles ont des chiens !

— Oui, mais ce sont des chiens entraînés par la fondation Mira, explique ma mère.

— Alors, on peut appeler chez Mira !

Elle secoue la tête.

— Je me suis aussi renseignée auprès de cette fondation. Ils prennent des labradors et des bouviers bernois, mais les chiens sont soigneusement sélectionnés, car ils doivent venir de lignées très pures.

Devant mon air troublé, ma mère ajoute :

— La nuit porte conseil. Demain matin, nous trouverons plus

facilement une solution, j'en suis convaincue.

Mes parents m'ont permis d'emmener Zizou dans ma chambre, mais juste pour la nuit. Après avoir refermé la porte, je le dépose sur mon lit. Pas question qu'il dorme ailleurs! S'il le faut, je laverai moi-même les draps!

Je passe une très bonne nuit. Au réveil, la première chose qui me vient à l'esprit est… la solution idéale! Ma mère avait donc raison!

Je me précipite dans la chambre de mes parents avec Zizou dans les bras.

— Papa! Maman! J'ai trouvé les meilleurs maîtres adoptifs pour mon chien!

Ils entrouvrent les yeux.

— Hein? Quoi?

Je continue:

— Chez Laura! Zizou pourrait remplacer leur Pluton!

En se redressant dans son lit, mon père s'exclame :

— Comment n'y ai-je pas pensé moi-même? C'est une excellente idée, Simon!

— Habille-toi, papa! On va aller chez eux!

Mon père rit.

— On ne peut pas sonner chez les gens à huit heures du matin. Attendons encore un peu.

« Atchoum! »

Oups! C'est le temps de sortir d'ici!

Je vais dans la cour avec Zizou. Ma mère m'apporte mon déjeuner à l'extérieur. Je parle à mon chien dans le creux de son oreille. Je lui explique qu'il doit aller vivre dans une autre maison, mais que je vais lui trouver des maîtres aussi gentils que moi. Il me lèche le visage.

Au milieu de la matinée, mon père décide qu'on peut maintenant aller chez Laura. Tout en marchant, je lui demande :

— Tu crois que je pourrai continuer à voir Zizou ?

— Eh bien, on verra ce que la famille Martino en dira. Mais d'abord, il faut savoir s'ils acceptent de l'accueillir.

Arrivé devant leur porte, je croise mes doigts. J'espère qu'ils voudront adopter mon chien ! Comme ça, il ne vivra pas loin de chez moi.

J'appuie sur la sonnette. Rapidement, monsieur Martino vient ouvrir.

— Ah ! Bonjour, Gabriel ! Bonjour, Simon ! Vous avez retrouvé votre chien ?

— Oui. Je vous présente Zizou.

— Tu dois être le plus heureux des garçons, alors !

Je regarde mon père. C'est le temps d'expliquer pourquoi nous sommes ici. Je commence par dire :

— Je suis heureux et malheureux en même temps…

Puis, mon père enchaîne en expliquant le but de notre visite. Avant qu'il ait terminé, Laura sort d'une pièce d'où elle écoutait la conversation et se précipite vers son père.

— Oh ! Accepte, papa ! J'aimerais tellement ça avoir un autre chien.

— Euh… Oui… Peut-être… bégaie monsieur Martino. Je vais en parler à mon épouse et…

Laura l'interrompt :

— Je vais aller la chercher !

Elle disparaît à toute vitesse et revient avec sa mère. Laura est beaucoup moins timide qu'hier. Elle n'arrête pas de parler !

— Je vais m'occuper de Zizou, le sortir deux fois par jour, lui donner à manger…

Elle est si persuasive qu'elle convainc rapidement ses parents.

Monsieur Martino hoche la tête :

— Hé bien, je crois que Zizou s'est trouvé une nouvelle maison ! Il faudra que j'aille acheter tout ce qu'il nous faut aujourd'hui.

— Oh non ! proteste mon père. Nous avons tout le nécessaire. Et comme on ne pourra pas s'en servir prochainement… En échange, accepteriez-vous de laisser Simon venir voir Zizou de temps en temps ?

J'ajoute :

— Je pourrais même lui faire faire sa promenade, des fois!

Laura redevient un peu gênée. Son père se penche pour me répondre en me regardant dans les yeux:

— Bien sûr! Tu seras le bienvenu quand tu voudras!

On prévoit le déménagement de Zizou pour la fin de l'après–midi.

9

LE MOMENT
DU DÉPART

Tout s'est bien passé chez Laura, mais sur le chemin du retour, je suis quand même triste. Je réalise que je n'aurai plus mon chien. Il va s'attacher à Laura, et peut-être qu'il ne me reconnaîtra plus quand il me verra.

Mon père me prend par l'épaule.

— Je suis désolé, Simon, que les choses se terminent ainsi. Tu démontres beaucoup de courage aujourd'hui.

Il n'en faut pas plus pour que je me mette à pleurer. Nous continuons à marcher en silence.

Je profite du reste de la journée pour jouer avec Zizou. Je ne fais que ça! Puis, vers quatre heures, je rassemble ses choses, son bol de nourriture, son bol d'eau, sa couverture. Mais je garde le livre que Violette m'a donné. On ne sait jamais…

La fin de l'après-midi est arrivée trop vite à mon goût. Plus l'heure de la séparation approche, plus je trouve que c'est difficile.

Ma mère ne fait pas de caresses à Zizou, mais dans son regard, je vois qu'elle partage ma peine.

En me tendant la laisse, mon père me dit :

— Allez, mon brave!

Je prends une grande inspiration et je déclare, d'un seul souffle :

— Moi, plus tard, je vais devenir un spécialiste des allergies et je vais inventer un remède pour les guérir à tout jamais.

« WOUAF! WOUAF! »

Zizou semble approuver ma décision!

TABLE DES MATIÈRES

Andrée-Anne
Gratton

Quand j'étais jeune, je rêvais d'avoir un chat ou un chien. Chez nous, pas question. Alors je me disais qu'à l'âge adulte je m'empresserais d'en adopter un. Puis, à 18 ans, je suis devenue allergique aux petites bêtes que j'aimais tant! Les chats, d'abord, et quelques années plus tard, les chiens aussi. Quelle injustice! Depuis, je dois me tenir loin de ceux qui me causent éternuements, yeux qui piquent et difficultés respiratoires. Et je continue à espérer que mes allergies disparaîtront un jour!

Vous voulez me donner un truc pour combattre mes allergies ou m'envoyer un commentaire sur mon livre? Voici mon courriel:

agratton@videotron.ca

SÉSAME

Collection Sésame

Ce livre a été imprimé
sur du papier enviro 100 % recyclé.

Nombre d'arbres sauvés : 2

Ensemble, tournons la page sur le gaspillage.